¿Cómo te mueves?

por Ellen Catala

Consultant: Robyn Barbiers, D.V.M.,
Vice President, Lincoln Park Zoo

Libros sombrilla amarilla are published by Red Brick Learning
7825 Telegraph Road, Bloomington, Minnesota 55438
http://www.redbricklearning.com

Editorial Director: Mary Lindeen
Senior Editor: Hollie J. Endres
Senior Designer: Gene Bentdahl
Photo Researcher: Signature Design
Developer: Raindrop Publishing
Consultant: Robyn Barbiers, D.V.M., Vice President, Lincoln Park Zoo
Conversion Assistants: Katy Kudela, Mary Bode

Library of Congress Cataloging-in-Publication Data
Catala, Ellen
¿Cómo te mueves? / by Ellen Catala.
p. cm.
ISBN 13: 978-0-7368-7325-3 (hardcover)
ISBN 10: 0-7368-7325-2 (hardcover)
ISBN 13: 978-0-7368-7411-3 (softcover pbk.)
ISBN 10: 0-7368-7411-9 (softcover pbk.)
1. Locomotion—Juvenile literature. I. Title.
QP301.C297 2005
612.7'6—dc22

2005015713

Adapted Translation: Gloria Ramos
Spanish Language Consultant: Anita Constantino

Printed in the United States of America

Photo Credits:
Cover: BananaStock Photos; Title Page: O'Brien Productions/Corbis; Page 2: Digital Vision Photos; Page 3: Jupiter Images; Page 4: Gary Rothstein/Icon SMI; Page 5: Corel; Page 6: Martin Harvey/Corbis; Page 7: Corbis; Page 8: David A. Northcott/Corbis; Page 9: Kevin R. Morris/Corbis; Page 10: Spencer Grant/ZUMA Press; Page 11: George Wong/EPA Photos; Page 12: Digital Vision Photos; Page 13: Corbis; Page 14: Creatas Photos; Page 15: Comstock Photos

1 2 3 4 5 6 11 10 09 08 07 06

Contenido

Introducción

Te despiertas por la mañana. Lo primero que haces es, ¡moverte! Pasas casi todo tu tiempo moviéndote; caminando, corriendo, trepando, o saltando.

Los animales también se mueven mucho durante el día. Los animales se mueven para buscar comida. Se mueven para escaparse de sus enemigos. ¡Los animales se mueven para divertirse!

Corriendo

Los caballos corren usando sus cuatro patas. Tú corres usando sólo dos piernas. A veces cuando los caballos corren muy rápido, ¡ninguna pata toca la tierra!

El **casco** de un caballo está compuesto de todos los dedos de su pata. Los caballos corren muy bien en sus cascos. Tú corres rápidamente en los dedos de tus pies.

Pateando

Los canguros patean con mucha fuerza. Usan su cola para balancearse cuando patean. De esta manera pueden patear con dos patas a la vez.

Tú pateas con un pie a la vez.
Necesitas balancearte con el otro pie.
Como los canguros, usas los músculos
de tu pierna para patear.

Saltando

A veces saltas, pero una rana siempre está saltando. Hasta salta en el agua cuando nada. Los fuertes músculos en sus piernas hacen todo el trabajo.

Podrías saltar por encima de tus amigas todo el día, pero te cansarías. Porque tus piernas no son tan largas como las de una rana, es más difícil saltar.

Trepando

Tenemos algo en común con los monos. Los dos podemos usar nuestras manos para agarrar cosas. También podemos colgarnos de nuestros brazos.

Los monos pueden trepar árboles mejor que nosotros. Tienen brazos largos y dedos en las patas, que usan para agarrar las ramas de los árboles cuando están trepando. Algunos monos también tienen colas que pueden agarrar ramas.

Nadando

Los pingüinos se parecen un poco a la gente cuando caminan en la tierra. Se pueden parar **derechos** como la gente.

Los pingüinos pueden nadar muy bien. Nadan rápidamente por el agua usando sus **aletas** como remos. Cuando nadas, puedes formar aletas con tus manos.

Tú y los animales

Tanto tú como los animales pueden patear, saltar, trepar, y nadar. Cada día tú también puedes moverte en otras maneras.

A veces te mueves como los animales. ¡Otras veces te puedes mover sólo como los humanos!

Glosario

aletas las "alas" de un pingüino o los "bracitos" de animales que viven en el océano, tales como los delfines

balancear pararse sin caerse

casco la pata dura de un caballo, una vaca, un venado, un alce, o una cabra

derecho estar parado con la espalda recta

músculos órgano del cuerpo que está conectado can los huesos para hacer que el cuerpo se mueva

Índice

Word Count: 362
Guided Reading Level: J